こぶたのぶうくん

小沢 正 作　井上洋介 絵

すずき出版

こぶたのぶうくん

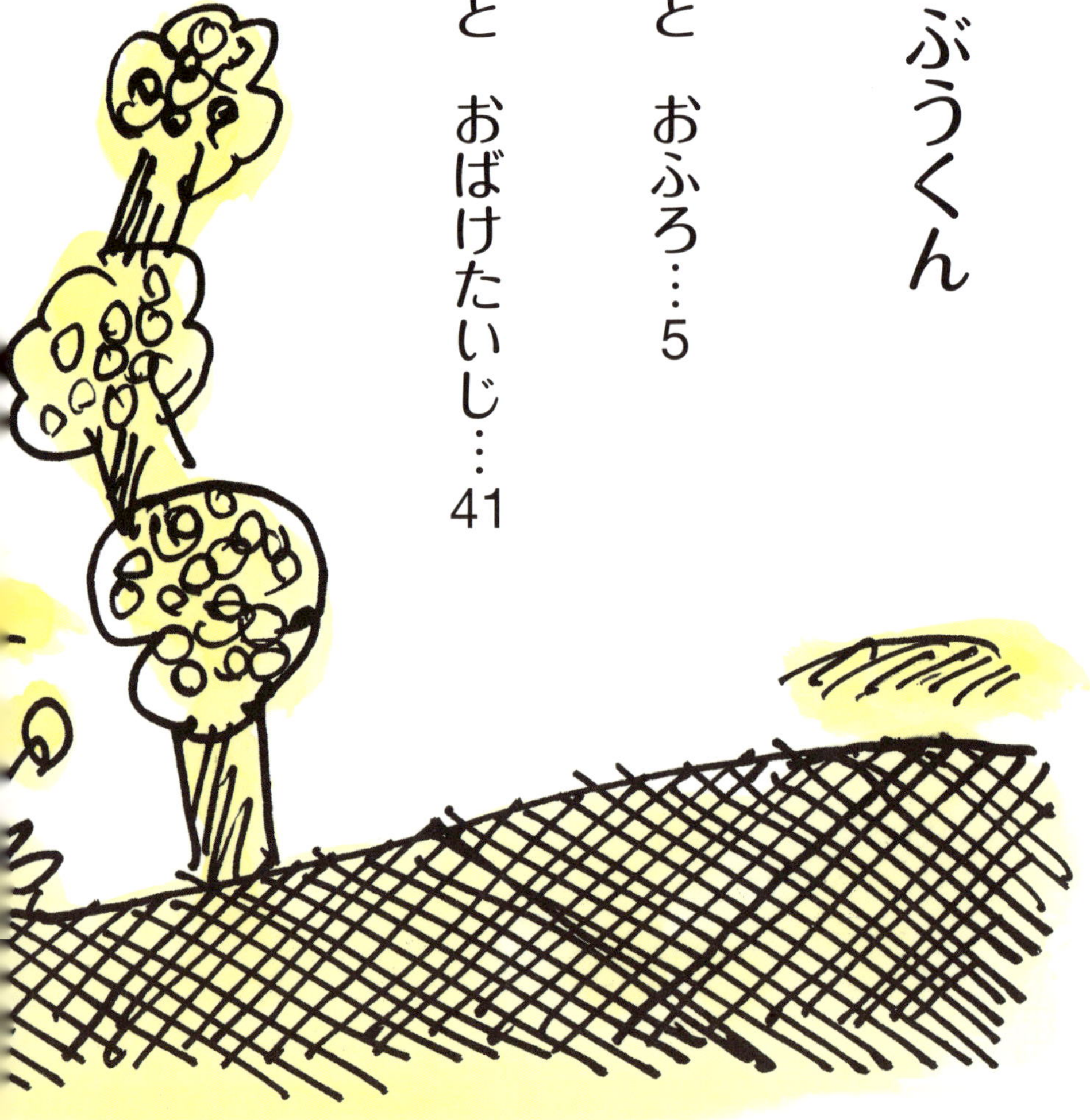

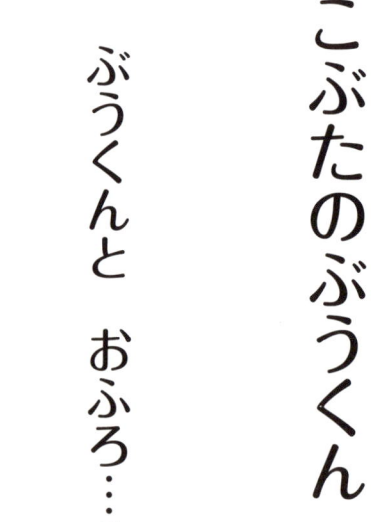

ぶうくんと　おふろ

あるところに、ぶうくんという　こぶたがいました。

ある日《ひ》、ぶうくんが　テレビを　見《み》ていると、かあさんぶたが　きて、

「ぶうくん、おふろが　わいたから　入《はい》りなさい。」

と　いいました。

「いやっ。」

と、ぶうくんが　いいました。

「だめっ。」

かあさんぶたは、ぶうくんを　だきあげて
おふろばへ　つれていくと、シャツと　ズボンと　パンツを、

「えいっ　えいっ　えいっ。」

と　ぬがせました。

「やあ、やっと　きた、やっと　きた。
ぶうくん、いっしょに　おふろへ　入《はい》ろうね。」
と、セッケンやタオルや　あらいおけが、よろこんで　いいました。
「さあて、おふろのぐあいは　どうかしら。
あついかな？　ぬるいかな？」
かあさんぶたは、ふろおけのふたを　とって
ゆかげんを　みようとしました。
そのすきに　ぶうくんは、
ぴゅうっと　うちのそとへ　とびだすと、まるはだかのまま
のはらのみちを　どんどこ　どんどこと　にげだしました。

「あっ、ぶうくんが　にげだした。」
セッケンとタオルと　あらいおけは、
あわてて　あとを　おいかけました。
「ぶうくん、もどっておいでよう。」
「いっしょに　おふろへ　入《はい》ろうよう。」
でも、ぶうくんは　へんじもしないで、
どんどこ　どんどこと　のはらを　にげていきます。
タオルとセッケンと　あらいおけも、
まけずに　どんどこ　どんどこと
ぶうくんを　おいかけていきました。

でも、そのうち　とうとう
あらいおけが　目《め》を　まわして、
「だめだ。
もう　これいじょうは　はしれない。
セッケンくんに　タオルくん、
ふたりで　ぶうくんを
つかまえてきてくれたまえ。」
と　いいながら、
ころんと　みちばたに
たおれてしまいました。

それからまた
しばらくいくうちに、
こんどは　タオルが
目《め》を　まわして、
「うう　くるしぃ。
もう　はしれそうもないや。
セッケンくん、
あとのことは　よろしくたのむ。」
と　いいながら、ぐにゃぐにゃと
みちばたに　すわりこんでしまいました。

ひとりになったセッケンは、

（ようし、こうなったら、なんとしてでも
ぶうくんを　つかまえてやるぞ。）と　かんがえて、

「おーい、おーい、おふろに　入《はい》ろうよう。」

と　いいながら、ぶうくんのあとを　おいかけていきました。

そのうち、おかのふもとへ　やってきました。
ぶうくんは、どんどこ　どんどこと　おかを　かけのぼりました。
セッケンも　まけずに、
どんどこ　どんどこと　おかを　かけのぼりました。

あまり　いせいよく　かけのぼったものですから、
ぶうくんも　さすがに　いきが　くるしくなって、
まえほどは　はやく　はしれないようになりました。
おかげで、おかのてっぺんまで　きたときには、
セッケンとぶうくんのあいだは、
もう　手《て》を　のばせば　さわれるくらいに
ちぢまっていました。
　よろこんだセッケンは、
「そーら、つかまえた。」
と　いいながら、ぱっと　ぶうくんの足《あし》に　とびつきました。

そのとたん、ぶうくんが　うっかりと
セッケンを　ふみつけてしまったから　たいへんです。
ぶうくんは、つるっと　足《あし》を　すべらせると、
ごろごろごろっと　おかを　ころげおちていきました。

おかのふもとには、おおかみのいえが　たっていました。
このいえのおおかみは、おふろが　大《だい》すきで、
そのときも　ちょうど、きもちよさそうなかおをしながら、
おゆに　つかっていたところでした。そこへ、
ごろん　ごろん　ごろんと　ぶうくんが　ころがってきました。

木《き》のねっこに　ぶつかって　ぴょーんと　はね上《あ》がった
ぶうくんは、まどを　ひゅーんと　とおりぬけて、
おおかみのいえの　おふろばの中《なか》へ、どすーんと　ついらくしました。
「おや　おや　おや、
まどから　こぶたが　とびこんできたぞお。」
おおかみは、ぶうくんが　はだかでいるのに気《き》がついて、
目《め》を　ぱちくりとさせながら　たずねました。
「きみ、おふろへ　入《はい》りにきたの？」
「ちがうっ。」
と、ぶうくんが　いいました。

「でも、ちょうどいいや。

せっかくきたんだから、
ちょっと　せなかを　あらってくれないか。」

と、おおかみが　いいました。

「いやっ。」

と、ぶうくんが　いいました。

「あらわないのなら、おまえを　たべちゃうぞ。」

と、おおかみが　いいました。

ぶうくんは　しかたなしに、ヘチマに　セッケンを　つけると、
おおかみのせなかを　ごしごしと　こすりました。

「もっと　つよく、もっと　つよく。」
と、おおかみが　いいました。
ぶうくんは、ありったけの力《ちから》で、
おおかみのせなかを　ごしごしと　こすりました。
「そのちょうし、そのちょうし。
もっと　こすれ、もっと　こすれ。」
おおかみは、いい気《き》もちになって、
うとうと　いねむりを　はじめました。
ぶうくんも、せなかを　こするのが
おもしろくなってきました。

見《み》ると、そばに　シャンプーが　おいてありました。
ぶうくんは、シャンプーを　おおかみのせなかに　かけて、
ごしごしと　こすってみました。
また見《み》ると、おふろばのすみに、せんたくにつかう
こなセッケンが　おいてありました。ぶうくんは、こなセッケンを
おおかみのせなかに　ふりかけて、ごしごしと　こすってみました。
おおかみのせなかから、ぶくぶくと　あわが　出《で》てきました。
ぶうくんは、はこに　のこっていた　こなセッケンを　ざーっと
おおかみのからだに　かけると、その上《うえ》へ　おゆを　そそいで、
ぐちゃぐちゃと　かきまわしてみました。

おおかみのからだの　あちらこちらに　しゃぼん玉《だま》が　できて
ぶわわーんと　ふくらんできました。
ぱちんと、しゃぼん玉《だま》のひとつが　われました。
その音《おと》に　目《め》をさました　おおかみは、
「きゃっ。」
と　いって、おどろきました。
なにしろ、あたまのてっぺんから　足《あし》の先《さき》まで、
セッケンで　べちょべちょ。
口《くち》からも　はなからも　耳《みみ》からも、
セッケンのあぶくが　ぴょこぴょこと　とびだしてくるのです。

「やったなあ。」
かんかんに　はらを立《た》てた　おおかみは、ぱっと　ぶうくんに
とびかかりました。ぶうくんは、あわてて　まどから　とびだすと、
どんどこ　どんどこ　にげだしました。
「まてえ、まてえ。」
おおかみも、セッケンのあぶくを　とばしながら、
どんどこ　どんどこ　おいかけてきます。

そのうち、やっと　うちが　見《み》えてきました。ぶうくんは、
うちの中《なか》に　とびこむと、かあさんぶたに　すがりつきました。

「おかあさん、おおかみが　おいかけてくるの。
こわいよ　こわいよ。」
「だいじょうぶ　だいじょうぶ。
おふろばに　かくれて、じっとしていらっしゃい。」
かあさんぶたは、ぶうくんを　おふろばの　たらいのかげへ
かくしてくれました。先《さき》に　もどってきていた
セッケンとタオルと　あらいおけが　よろこんで、
「やあ、もどってきた　もどってきた、
ぶうくんが　もどってきた。」
と　いいました。

そのとき、こえが
きこえてきました。

「ぶうくんが、こんなに　セッケンだらけにしてしまったの。」
おおかみが、そんなことを　いっています。
「まあ　まあ、かわいそうに。
おばさんが　あらってあげるから、こっちへ　おあがんなさい。」
そんなこえがして、かあさんぶたとおおかみが
おふろばへ　入《はい》ってきました。
ごしごしという音《おと》がします。
じゃあじゃあという　おゆのながれる音《おと》もします。
たらいのかげから　こっそり　のぞいてみると、おおかみが
かあさんぶたに　からだを　あらってもらっているところでした。

うらやましくなったぶうくんは、たらいのかげから　とびだして、

「ぼくも　ぼくも。」

と　いいました。

「はい　はい。」

かあさんぶたは、ぶうくんとおおかみを　いっしょにして、
ごしごしと　あらってくれました。

「ふふふ。」

ぶうくんは、うれしくなって　わらいました。

「ふふふ。」

おおかみも、うれしくなって　わらいました。

しばらくして　かあさんぶたは、
おふろばを　のぞいてみました。

ぶうくんとおおかみは、
なかよく　おゆに　つかって、
どちらが　ながく入《はい》っていられるか、
くらべっこをしているところでした。

ぶうくんと
おばけたいじ

こぶたのぶうくんのうちは
のはらの森《もり》のそばに　ありました。
あるとき、その森《もり》の中《なか》に　おばけが出《で》るという
うわさが立《た》ちました。みんなは　こわがって、
森《もり》へは　ちかづかないようになってしまいました。
　すると　ある日《ひ》、
うさぎくんが　ぶうくんのところへ　やってきて　いいました。
「ぶうくん、森《もり》のおばけのことなんだけど。」
「うん。」
と、ぶうくんが　うなずきました。

「どうやら　みんなは、おばけが　こわくて、
森《もり》へ　あそびに　いけないでいるらしい。
そういうことでは　こまるから、
ぼくときみとで、森《もり》へ　おばけを　たいじに　いこうじゃないか。」
「えっ。」
ぶうくんは　おどろきました。
でも、おくびょうと　おもわれるのは　いやでしたから、
「よし　いこう。」
と　うなずいて、うさぎくんと　いっしょに、
どしどしと　森《もり》へ　あるいて　いきました。

森《もり》のそばまで　きたとき、
うさぎくんが　立《た》ちどまっていいました。
「ぶうくん、おばけが　出《で》てきても
おどろいたりしては　だめだよ。
へいきなかおで　にこにことしていれば、
おばけのほうで　おどろくかもしれないからね。」
「うん　わかった。」
ぶうくんは　こわいのを　がまんして、
うさぎくんといっしょに、
どしどしと　森《もり》の中《なか》へ　入《はい》っていきました。

森《もり》のみちを、おくへ　おくへと　すすんでいくうちに、
だんだんと　あたりが　うすぐらくなってきました。
木《き》のあいだを　ふきぬけるかぜも、
しだいに　ひんやりとしはじめました。そのとき、
「ひゅる　ひゅる　ひゅる。」
という　へんな音《おと》が　きこえたかとおもうと、
ふたりの目《め》のまえに、ぱっと　おばけが　とび出《だ》してきました。
　ぶうくんは、
「きゃっ。」
と　いって、しりもちを　つきそうになりました。

でも、うさぎくんにいわれたことを　おもい出《だ》して、むりに

へいきそうなかおをしながら、にこにこと　わらって見《み》せました。

「おやおやあ、ふたりとも　へいきなかおで　わらってるな。

よおし、こうなったら　どうしても　こわがらせてみせるぞお。」

おばけは、まけない気《き》になって、ながいしたを

べろーんと　つき出《だ》すと、ぶうくんとうさぎくんのかおを、

「べた　べた　べた。」

と　なめまわしました。ぶうくんとうさぎくんは、

こわくて　こわくて、いまにも　気《き》をうしないそうでした。

でも、そこを　なんとか　がまんして、もういちど　にこにこと

わらって見《み》せました。

「これは　おどろいた。」

と、おばけが　目《め》を　ぱちくりさせながらいいました。

「おまえたち、おばけが　こわくはないのかい？」

「こわくないよ。」

ぶうくんとうさぎくんが、

こわいのをがまんしながら　こたえました。

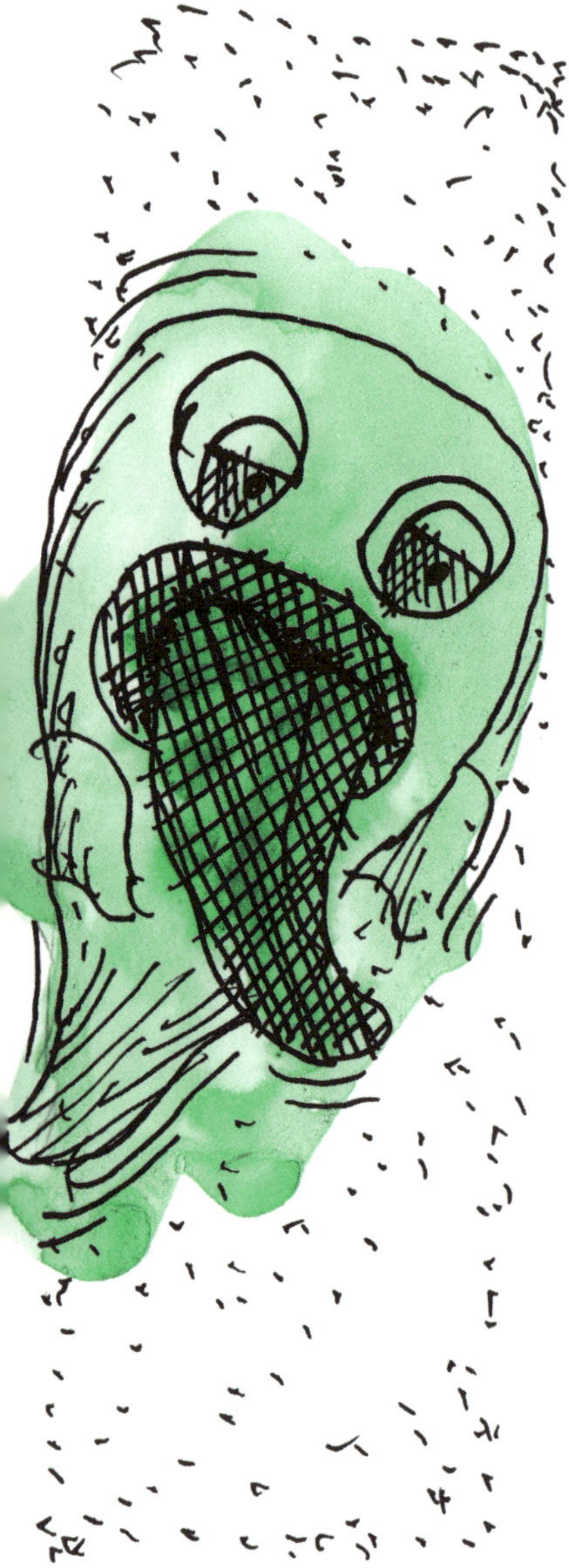

「おばけが　こわくないんだって？

ふしぎなこともあるものだなあ。おばけが　こわくないとすると、
おまえたちは　いったい、なにが　こわいというんだい？」

「そうだなあ。」

ぶうくんとうさぎくんは　かんがえこみました。

「そうだ。」

と、ぶうくんが　おもい出《だ》していいました。

「このあいだ、おかあさんが　おかしが　こわいって　いってたよ。

おかしを　たべすぎると、
はが　いたくなるから　おそろしいんだって。」

「そうか　そうか。」

と、おばけが　おおよろこびで　うなずきました。

「じつをいうとね、おれさまは　むしばのおばけなんだ。

子《こ》どもたちの　はを　むしばにするのが、
おれさまのやくめというわけなのさ。」

「へえ、そうだったのかあ。」
と、ぶうくんが　かんしんしながら　たずねました。
「おばけさんには　きっと、
こわいものなんか　ひとつもないんだろうねえ。」
「いやいや。」
と、おばけが　くびを　よこに　ふりました。
「おれさまは　なにしろ、むしばのおばけだから、
はぶらしが　大《だい》きらい。はぶらしときいただけでも、
せなかが　ぞーっとして、たおれそうになってしまうくらいさ。
おお　いけない。そんなことを　いっているうちに、

なんだか　さむけがしてきたぞ。
じゃあ、おれさまは　これで　しっけいするからね。」

おばけは、すーっと　どこかへ　いってしまいました。

「いいことを　きいたぞ。」
と、うさぎくんが　よろこんでいいました。
「あのおばけを　たいじするのには、はぶらしを　つかえばいいんだ。
うちへ　もどって、はぶらしを　たくさんあつめて、
あした　もういちど、この森《もり》へ　やってくるとしよう。」
「そうしよう。」
と、ぶうくんも　うなずきました。
つぎの日《ひ》のおひるすぎ、ぶうくんとうさぎくんは、
はぶらしを　ぎっしりとつめこんだリュックサックを　かついで、
森《もり》へ　もどってきました。

うすぐらい森《もり》の中《なか》を、
おくへ　おくへと　すすんでいくうち、また、
「ひゅる　ひゅる　ひゅる。」
という　へんな音《おと》がしたかとおもうと、
ふたりの目《め》のまえに、ぱっと　おばけが　とび出《だ》してきました。
「そら　出《で》た。」
と　いって、うさぎくんが　リュックの中《なか》から、
赤《あか》いいろのはぶらしを　とり出《だ》すと、
「えいっ。」
と、おばけに　なげつけました。

おばけは　おどろいて、
「きゃっ。」
と　いいながら　とび上《あ》がりました。
「やい　おまえたち、よくも　おれさまのきらいなものを
なげつけたりしたな。ようし、見《み》ていろ。
おかえしに　おかしを　ぶつけて、
おまえたちの　はを
むしばにしてやるからな。」
おばけは　そういって、どこかから
ペロペロキャンデーを　とり出《だ》すと、

ぶうくんとうさぎくんを　めがけて、
「えいっ。」
と　なげつけました。
「ようし　まけるもんか。」
と　いって、
こんどは　ぶうくんが
リュックの中《なか》から
青《あお》いいろのはぶらしを　とり出《だ》すと、
「えいっ。」
と、おばけに　なげつけました。

「あっ、また　なげたな。」
かんかんになったおばけは、
ぎんがみにつつんだチョコレートを　とり出《だ》して、
「えいっ。」
と、ぶうくんとうさぎくんに　なげつけました。
ぶうくんとうさぎくんも　まけずに、
きいろと　ももいろと　みどりいろのはぶらしを　とり出《だ》すと、
三本《さんぼん》まとめて、
「やあっ。」
と、おばけに　なげつけました。

おばけも　まけずに
ドロップと　キャラメルと
チューインガムを　とり出《だ》すと、
ぶうくんとうさぎくんを　めがけて、
「うおうっ。」
と　なげつけました。
こんなぐあいにして、なげあいは
ずいぶん　ながいこと　つづきました。
ぶうくんとうさぎくんは、
リュックの中《なか》から

つぎから　つぎへと
はぶらしを　とり出《だ》して、
どんどん　どんどん、
おばけに　なげつけました。
おばけも　まけずに、
ビスケットやら　かりんとうやら
ドーナッツやら　だいふくもちやら、
ありとあらゆるおかしを　とり出《だ》して、
びゅんびゅん　びゅんびゅん、
ぶうくんとうさぎくんに　なげつけました。

でも、あんまり　はぶらしを　なげつけられたおかげで、
おばけは　だんだん　ふらふらになってきました。
あたまも　くらくらとしはじめましたし、
足《あし》も　よろよろとしてきました。
それでもまだ、それから　しばらくのあいだは
なんとか　がんばっていましたが、そのうち　とうとう、
「うわあ、もう　だめだ。
こうさん　こうさん。」
というと、おばけは　ふらふらとしながら、
どこかへ　にげていってしまいました。

「わあい、かった　かった。」
ぶうくんとうさぎくんは、
よろこんで　ぴょんぴょんと　とび上《あ》がりました。
見《み》ると、ふたりのまわりには、
おばけのなげてよこした　おかしが、
ごろごろと　ころがっていました。
ぶうくんとうさぎくんは、
おかしを　ぎっしりとつめこんだ
リュックサックを　かついで、
えいこら　えいこらと　うちへ　もどってきました。

うちでは、きつねや　とかげや　かえるたちが、
「ふたりは　どうなったろう。」
と　しんぱいしながら、
ぶうくんとうさぎくんのかえりを　まちかまえていました。
そこへ　ぶうくんとうさぎくんが、おもそうなリュックを
かついで、えいこら　えいこらと　もどってきました。
はなしを　きいた　きつねや　とかげや　かえるたちは、
よろこんで、
「よくやった　よくやった。」
と　いいながら、ぱちぱちと　手《て》を　たたきました。

ぶうくんとうさぎくんは、
「でも、なんだか
わるいことをしたような気《き》もするね。
おばけは、森《もり》から　にげ出《だ》して
どこへ　いってしまったんだろう。」
と　はなしあいながら、
おばけのなげてよこした　おかしを、
みんなといっしょに
むしゃむしゃと　たべました。

ところが、たいへん。
おかしを　たべおわって　しばらくすると、
ぶうくんのはが　しくしくと　いたみ出《だ》しました。
いいぐあいに、はいたは
その日《ひ》のうちに　なおりましたが、
ぶうくんは、
（やっぱり、むしばのおばけのほうが
　つよかったのかなあ。）
と　かんがえて、
ちょっと　ざんねんにおもいました。